MICRÔMEGAS

O livro é a porta que se abre para a realização do homem.

JAIR LOT VIEIRA

VOLTAIRE

Micrômegas

Tradução, prefácio e notas
Leandro Cardoso Marques da Silva
BACHAREL EM FILOSOFIA E MESTRE EM FILOSOFIA FRANCESA
CONTEMPORÂNEA PELA UNIVERSIDADE DE SÃO PAULO

Copyright da tradução e desta edição © 2018 by Edipro Edições Profissionais Ltda.

Título original: *Micromégas*. Publicado originalmente em 1752 na França. Traduzido a partir da 1ª edição.

Todos os direitos reservados. Nenhuma parte deste livro poderá ser reproduzida ou transmitida de qualquer forma ou por quaisquer meios, eletrônicos ou mecânicos, incluindo fotocópia, gravação ou qualquer sistema de armazenamento e recuperação de informações, sem permissão por escrito do editor.

Grafia conforme o novo Acordo Ortográfico da Língua Portuguesa.

1ª edição, 2018.

Editores: Jair Lot Vieira e Maíra Lot Vieira Micales
Edição de texto: Marta Almeida de Sá
Produção editorial: Carla Bitelli
Assistente editorial: Thiago Santos
Capa: Ana Laura Padovan
Preparação: Daniel Rodrigues Aurélio
Revisão: Thiago de Christo
Editoração eletrônica: Estúdio Design do Livro

Dados Internacionais de Catalogação na Publicação (CIP)
(Câmara Brasileira do Livro, SP, Brasil)

Voltaire, 1694-1778.
　　Micrômegas / Voltaire; tradução, prefácio e notas de Leandro Cardoso Marques da Silva. – São Paulo: Edipro, 2018.
　　　　Título original: *Micromégas*.
　　　　ISBN 978-85-521-0037-9
　　　　1. Filosofia francesa 2. Romance francês 3. Voltaire, François-Marie Arouet de, 1694-1778 I. Silva, Leandro Cardoso Marques da. II. Título.

18-18629　　　　　　　　　　　　　　　　CDD-843

Índice para catálogo sistemático:
1. Romances : Literatura francesa 843
Iolanda Rodrigues Biode - Bibliotecária - CRB-8/10014

São Paulo: (11) 3107-4788 • Bauru: (14) 3234-4121
www.edipro.com.br • edipro@edipro.com.br
@editoraedipro　　@editoraedipro

Sumário

Prefácio
Micrômegas: a apresentação de uma perspectiva cósmica, 7

Capítulo um
Viagem de um habitante do mundo da estrela Sirius ao planeta Saturno, 15

Capítulo dois
Diálogo do habitante de Sirius com o de Saturno, 21

Capítulo três
Viagem dos dois habitantes de Sirius e de Saturno, 29

Capítulo quatro
Aquilo que lhes sucedeu sobre o globo da Terra, 35

Capítulo cinco
Experiências e raciocínios dos dois viajantes, 41

Capítulo seis
Do que lhes ocorreu junto aos homens, 47

Capítulo sete
Conversação com os homens, 55

Prefácio

Micrômegas: a apresentação de uma perspectiva cósmica

Este curto romance trata da história de um viajante extraterrestre oriundo de um planeta orbitante da estrela Sirius, de proporções gigantescas, que vem até a Terra para travar uma discussão filosófica com seus habitantes. *Micrômegas* é um livro particularmente surpreendente, seja para um público acostumado aos romances filosóficos de Voltaire ou para aqueles interessados pelos primórdios da ficção científica. Como se vê, estamos diante de uma obra, no mínimo, incomum. A tradução grega do nome — tanto do personagem quanto do livro — já descreve muito sobre a forma e o conteúdo da obra: micro (pequeno) + megas (grande). Trata-se de um texto bastante curto que, entretanto, desenvolve um extenso assunto.

Escrito em 1752, o livro é resultado direto da experiência do autor com o pensamento inglês. Nesse sentido, podemos destacar a influência de Jonathan Swift (1667-1745), notadamente pelas *Viagens de Gulliver* (1726), e das teorias de Isaac Newton (1643-1727) sobre a gravitação universal. Além da influência inglesa, destaca-se, sobretudo, a síntese de muitas das ideias filosóficas do próprio Voltaire. Seu pensamento sobre o ser humano e a posição deste no mundo, seus vícios de pensamento, sua vaidade, sua pequenez, todos esses temas são tratados sob a inconfundível pena irônica do autor iluminista.

O primeiro ponto a ser comentado é o estatuto ficcional da peculiar apresentação de habitantes extraterrestres e suas viagens pelo cosmos. Sem dúvida, este livro é um dos pioneiros neste tema. Costuma-se atribuir o estabelecimento das bases da ficção científica ao astrônomo alemão Johannes Kepler (1571-1630). Isso se deve ao seu livro *Somnium* (*O sonho*), no qual se imagina uma viagem até a Lua e se faz uma descrição de como nosso planeta seria visto do seu satélite natural. O conceito da vida em outros planetas já aparece em referências que vêm desde os gregos antigos e chegou a ser especulada com mais propriedade por filósofos como Giordano Bruno (1548-1600) e Immanuel Kant (1724-1804). Voltaire se insere nessa vanguarda temática descrevendo não só os habitantes de outros planetas, mas também o método técnico empregado em suas viagens.

A perspicácia do autor francês é espantosa. Micrômegas e seus conterrâneos alienígenas se utilizam das forças gravitacionais dos planetas para ir de um mundo ao outro. Imaginar seres utilizando o empuxo planetário para se locomover é uma sofisticação intelectual considerável. Principalmente se levarmos em conta duas coisas: primeiramente, esse método – somado à previsão de Júlio Verne (1828-1905), no século xix, da utilização de uma força explosiva que anulasse a força atrativa da gravidade, impulsionando, assim, projéteis para fora da órbita terrestre – é, de fato, um dos procedimentos utilizados nas contemporâneas viagens dos satélites de exploração espacial. Em segundo lugar, como o próprio autor vai destacar no presente livro, trata-se de um método difícil de imaginar por seus contemporâneos acostumados a viagens de carruagens que se utilizam de tração animal. Não restam dúvidas de que Voltaire se utilizou da teoria gravitacional newtoniana de forma única.

Se tivermos, portanto, a liberdade de catalogar este livro como um dos precursores do gênero de ficção científica, então ele seria considerado um dos representantes do que se chama de terror cósmico. Ou seja, a obra trata da pequenez do ser humano diante de um universo de proporções vertiginosamente imensuráveis. Isso é atestado pelo gigantismo do personagem Micrômegas, que, do alto de seus cerca de seis quilômetros de altura, só pode enxergar os humanos com o auxílio de um microscópio. Nesse sentido, para falar de ficção científica, deve-se perdoar a ingenuidade do autor do século XVIII, que imaginava o tamanho dos seres em proporção ao tamanho de seus planetas. Assim, quanto maior o planeta, maior o seu habitante. Hoje sabemos que, caso existam criaturas extraterrestres, certamente seu tamanho não acompanharia o tamanho do seu globo. Entretanto, insistimos, esse é um detalhe que deve ser, facilmente, perdoado ao autor iluminista. Principalmente porque as gigantescas proporções dos personagens da história servem a um propósito filosófico claro; atestar a insignificância do ser humano diante da infinitude da criação. Talvez, o aspecto da pequenez humana seja o tema central, mas certamente não é o único assunto filosófico aqui tratado.

É correto afirmar que este livro apresenta, de forma sintética, as principais ideias de seu autor. A crítica às instituições de sua época é facilmente reconhecível. O obscurantismo religioso é um dos primeiros a aparecer, na forma das censuras sofridas pelo herói do romance ainda em seu planeta natal – também lá os inquisidores trabalhavam contra os avanços da ciência e da razão. Ao longo da obra constatamos a crítica ferrenha ao despotismo absolutista que gera guerras sem sentido à custa da vida de milhares de homens que nada têm a ver com as ambições de seus monarcas. A ironia ácida de Voltaire também se aplica aos sistemas filosóficos modernos. Em diversas ocasiões, vemos o colega saturniano de Micrômegas reproduzir os preconceitos teóricos que o autor via em seus contemporâneos; julgamentos equivocados, guiados pelas aparências, pelos sentidos, por induções precipitadas, são constantemente apontados pelo gigante protagonista. Por fim, no diálogo com os terráqueos, os sistemas filosóficos da Antiguidade e Modernidade são submetidos à ponderação cuidadosa do visitante de Sirius. Enfim, Voltaire consegue discorrer sobre todos esses temas nestas curtas páginas, com seu particular estilo leve, direto e divertidamente cômico.

No entanto, o mote principal do romance, que percorre todos esses assuntos acima mencionados, é a posição humana no universo. Durante milênios, a humanidade acreditou ser o centro de toda a criação. Sistemas astronômicos como o ptolomaico – que vigorou por tantos séculos – são a expressão da tentativa humana de descrever todos os corpos celestes girando em função da Terra. Cálculos complexos eram feitos apenas para dar conta desse modo, dado *a priori*, de interpretar os céus. Razões religiosas sempre impulsionaram essa visão cósmica; o universo era finito e tinha a Terra como seu centro e, consequentemente, toda a criação tinha a vida humana como sua finalidade.

Esse modelo cosmológico começou a ser alterado com o fim da Idade Média e início da Moderna. Tal mudança, por certo, não se deu sem conflito. Veja-se a condenação à fogueira do já citado Giordano Bruno, que ousou contestar a ideia de um universo finito, limitado, praticamente, ao céu observável. Também é conhecida a história de Galileu Galilei (1564-1642), que, munido de seu telescópio, observou as luas de Júpiter e constatou que nem todos os astros giravam em torno da Terra. Além disso, recuperou o temerário sistema copernicano que pregava o heliocentrismo. Não por acaso, esse astrônomo passou por apuros nas mãos da Santa Inquisição, a ponto de ser obrigado a voltar atrás, em público, com suas ideias, demasiado heréticas para a época. Entretanto, a despeito das esperadas reações dos poderes conservadores e teológicos, os alicerces científicos dos séculos XVI e XVII triunfaram e, no século XVIII de Voltaire, todos os pensadores sérios já aceitavam a ideia de que o universo era muito mais amplo do que se acreditava e a Terra não era o seu centro. Para uma humanidade que outrora acreditou ser o centro e o fim de toda a criação, a nova visão cosmológica suscitava duas sensações: pequenez e insignificância, sentimentos que, diga-se, causam desconforto até hoje.

A visão cosmológica que tira a humanidade do centro do universo e faz dela, ao contrário, um mero detalhe acidental, certamente colaborou para a secularização da ciência e da maneira como os seres humanos enxergam a si mesmos e o mundo. Essa visão também fundamentou indiretamente – e em conjunto com outras descobertas científicas do século xix, como a teoria da evolução darwiniana – a filosofia existencialista ateia do século xx, que tem como uma de suas ideias centrais o fato de o ser humano estar desamparado e abandonado a si no universo, daí se pressupõe que nenhuma inteligência transcendente preparou o mundo para a humanidade; a existência se impõe como um mero fato, sem nenhuma finalidade.

Vendo o alcance dessa visão cosmológica, percebemos o quanto é profundo e surpreendente o pensamento de Voltaire neste livro. Mesmo sendo um católico declarado, o autor não vê constrangimento em pensar que a débil humanidade nada significa para o Universo. "Apesar de acreditar na presença e na ação divina (segundo a orientação do cristianismo), esse filósofo não via problemas em presumir que seu deus teria criado uma infinidade de outros seres a quem também dedica sua atenção, frise-se que tais seres ainda podem ser infinitamente maiores, melhores e mais perfeitos que o ser humano. A criação não tem mesuras humanas. Mais notável ainda é ver um assunto tão denso e pesado sendo tratado da maneira irreverente como Voltaire o coloca: chegados à Terra, os habitantes de Sirius e de Saturno logo concluem que este planeta deve pertencer às baleias, primeiros animais cujo tamanho é captado pela visão dos dois. Porém, a despeito da característica débil da existência humana, a visão de Voltaire não é, de modo algum, pessimista ou desanimadora, pois, como o próprio gigante de Sirius assinala, o espírito pode ser grande, mesmo em seres infinitamente pequenos. Talvez essa seja uma das principais mensagens do livro: uma vez que, diferentemente da matéria, o espírito não possui extensão, então seus méritos não se baseiam no tamanho de seus seres, mas sim em suas virtudes. Ignorância e sabedoria, preconceito e humildade, enfim, vício e virtude dependem unicamente do modo como cada um conduz o seu espírito, e não de uma condição natural predeterminada.

Finalmente, *Micrômegas* consegue ser um livro que, ao mesmo tempo, condensa a filosofia de sua época e antecipa gêneros literários e questões existenciais que ecoam até os dias atuais. O leitor tem aqui uma viagem instigante e divertida, que transcorre através de um texto fluido e leve. Uma lição de humildade à vaidade humana, que nos põe a refletir de um ponto de vista cósmico sobre a natureza e os propósitos de nossa vida neste – parafraseando as palavras de Carl Sagan (1934-1996) – pálido ponto azul que constitui nosso planeta Terra na imensidão do Universo.

Leandro C. M. da Silva

Capítulo um

Viagem de um habitante do mundo da estrela Sirius ao planeta Saturno

Em um desses planetas que giram em torno da estrela chamada Sirius, havia um jovem de muito espírito, a quem eu tive a honra de conhecer na última viagem que ele fez sobre nosso pequeno formigueiro. Ele se chamava Micrômegas, nome que muito convém a todos os grandes. Ele tinha oito léguas de altura: entendo, por oito léguas, 24 mil passos geométricos de cinco pés cada um.

Alguns geômetras, pessoas sempre úteis ao público, tomarão logo a pena e, uma vez que o senhor Micrômegas, habitante do país de Sirius, possui da cabeça aos pés 24 mil passos, que correspondem a 120 mil pés de rei, e que nós outros, cidadãos da Terra, não temos mais do que cinco pés, e que nosso globo possui nove mil léguas de circunferência, então esses geômetras, afirmo, constatarão que é absolutamente necessário que o globo que produziu tal gigante tenha, pelo menos, 21 milhões e 600 mil vezes mais circunferência que nossa pequena Terra. Nada é mais simples e comum na natureza. Os estados de alguns soberanos da Alemanha ou da Itália,[1] os quais se pode cruzar em meia

---

[1]. De fato, na época de Voltaire, Alemanha e Itália ainda não eram estados unificados, e esses países eram constituídos por pequenos reinos e principados.

hora, comparados ao império da Turquia,² da Moscóvia,³ ou da China, não são mais do que uma imagem muito fraca das prodigiosas diferenças que a natureza colocou em todos os seres. Sendo a estatura de Sua Excelência da altura que eu disse, todos os nossos escultores e pintores convirão sem dificuldade que sua cintura pode ter 50 mil pés de rei de circunferência; o que constitui uma proporção muito bela.

Sendo seu nariz um terço de seu rosto, e sua bela face sendo a sétima parte da altura de seu belo corpo, é preciso admitir que o nariz do siriano tenha 6.333 pés de rei mais uma fração, o que estava para ser demonstrado. Quanto ao seu espírito, é um dos mais cultivados que temos. Ele conhece muitas coisas e até inventou algumas outras. Ele ainda não tinha 250 anos – e estudava, segundo o costume, no mais célebre colégio de seu planeta – quando deduziu, pela força de seu espírito, mais de cinquenta proposições de Euclides; trata-se de dezoito mais que Blaise Pascal, aquele que após ter deduzido 32, brincando, como diz sua irmã, tornou-se um geômetra bastante medíocre e um péssimo metafísico. Em torno de seus 450 anos, ao sair da infância, ele dissecou muitos de seus pequenos insetos que não chegam a cem pés de diâmetro e que se furtam aos microscópios ordinários, com eles compôs um livro bastante curioso, mas que lhe causou alguns transtornos. O mufti⁴ de seu país, sujeito deveras implicante e ignorante, encontrou em seu livro proposições suspeitas, malsoantes,

---

2. O Império Otomano.
3. O Grão-Ducado de Moscou.
4. Entre os povos islâmicos, jurisconsulto supremo e intérprete do Alcorão para resolver questões controvertidas das leis. (N. E.)

temerárias, heréticas, cheirando à heresia, e o perseguiu intensamente: tratava-se de saber se a forma substancial das pulgas de Sirius era da mesma natureza que aquela dos caracóis. Micrômegas se defendeu com inteligência; colocou as mulheres do seu lado, o processo durou duzentos e vinte anos. Finalmente, o mufti fez o livro ser condenado por jurisconsultos que não o haviam lido, e o autor recebeu ordem de não aparecer na corte por oitocentos anos.

Ele pouco se afligiu por ser banido de uma corte que não era ocupada senão de perseguições e pequenezas. Compôs uma canção de muito gracejo contra o mufti, com a qual este último não se importou muito. Então se pôs a viajar de planeta em planeta para concluir sua formação de espírito e coração, como se diz. Aqueles que só viajam de carruagem leve[5] ou de berlinda[6] ficarão, sem dúvida, espantados com as tripulações lá do alto, pois nós aqui, sobre nosso pequeno montículo de lama, não concebemos nada que esteja além daquilo que estamos acostumados. Nosso viajante conhecia maravilhosamente as leis da gravitação, e todas as forças atrativas e repulsivas. Servia-se delas tanto ao seu propósito que, tanto com o auxílio de um raio de sol como com a comodidade de um cometa, ele ia de globo em globo, ele e os seus, como um pássaro plana de galho em galho. Ele percorreu a Via Láctea em pouco tempo, e sou obrigado a confessar que esse viajante nunca viu, entre as estrelas com as quais a galáxia é semeada, aquele belo céu

---

5. No original: *chaise de poste*. Um tipo de carruagem leve de duas rodas que acomodava uma pessoa. Ideal para viagens rápidas, usuais pelos serviços de correio antigamente.
6. No original, *berline*. Diferentemente da *chaise de poste*, a berlinda era uma carruagem de quatro rodas que podia acomodar até seis passageiros.

empíreo que o ilustre vigário Derham[7] se gaba de ter visto na ponta de sua luneta. Não é que eu pretenda que o senhor Derham tenha visto mal – Deus me livre! –, mas Micrômegas estava nos lugares, é um bom observador, e eu não quero contradizer ninguém. Micrômegas, após ter rodado bastante, chegou ao globo de Saturno. Por mais acostumado que fosse a ver coisas novas, ele não pôde, de início, vendo a pequenez do globo e de seus habitantes, evitar esse sorriso de superioridade que escapa algumas vezes aos mais sábios. Pois, enfim, Saturno não é mais do que novecentas vezes maior do que a Terra, e os cidadãos desse país são anões que têm apenas mil toesas de altura, ou algo em torno disso. Inicialmente, ele zombou um pouco dessas pessoas, mais ou menos como um músico italiano se põe a rir da música de Lully[8] quando vem para a França. Mas como o siriano possuía um bom espírito, compreendeu logo que um ser pensante pode muito bem não ser ridículo por não ter mais do que seis mil pés de altura. Ele se familiarizou com os saturnianos após tê-los espantado. Estabeleceu uma estreita amizade com o secretário da Academia de Saturno, homem de muito espírito, que na verdade nada inventara, mas que prestava uma ótima conta das invenções dos outros, e que fazia, aceitavelmente, pequenos versos e grandes cálculos. Relatarei aqui, para a satisfação dos leitores, um diálogo singular que Micrômegas teve um dia com o senhor secretário.

---

7. William Derham (1657-1735), clérigo e astrônomo inglês.
8. Jean-Baptiste Lully (1632-1687), músico barroco nascido na Itália, mas naturalizado francês. Compôs para a corte de Luís XIV.

Capítulo dois

Diálogo do habitante de Sirius com o de Saturno

Depois que Sua Excelência se deitou e o secretário se aproximou de seu rosto:

— É preciso admitir — disse Micrômegas — que a natureza é bastante variada.

— Sim — disse o saturniano —, a natureza é como um canteiro cujas flores...

— Ah! — disse o outro —, deixa para lá teu canteiro.

— Ela é — replicou o secretário — como uma reunião de moças loiras e morenas, cujos adereços...

— Ei! O que eu tenho a ver com tuas morenas? — perguntou o outro.

— Ela é, então, como uma galeria de pintura cujos traços...

— Ah, não — disse o viajante —, ainda outra vez, a natureza é como a natureza. Por que procurar-lhe comparações?

— Para agradar-te — respondeu o secretário.

— Não quero, em absoluto, que me agradem — respondeu o viajante —, desejo que me instruam. Começa, de início, por me dizer quantos sentidos os homens de seu planeta têm.

— Temos setenta e dois — disse o acadêmico —, e nós nos queixamos todos os dias de tão pouco. Nossa imaginação vai além de nossas necessidades. Achamos que, com nossos setenta e dois sentidos, nosso anel e nossas cinco luas, estamos muito limitados. E, malgrado toda a nossa curiosidade e o número bastante grande de paixões que resultam de nossos setenta e dois sentidos, temos todo o tempo para entediarmo-nos.

— Creio bem — disse Micrômegas —, pois em nosso globo temos quase mil sentidos e ainda nos resta não sei qual desejo vago, não sei qual inquietude, que nos alerta sem cessar que somos pouca coisa e que existem seres muito mais perfeitos. Já viajei um pouco; já vi mortais muito abaixo de nós, e outros muito superiores, mas não vi quaisquer que não tivessem mais desejos do que verdadeiras necessidades, e mais necessidade do que satisfação. Um dia, talvez, chegarei ao país onde nada falte. Mas, até o presente, ninguém me deu notícias positivas sobre a existência desse país.

O saturniano e o siriano se esvaíram, então, em conjecturas. Mas, após diversos raciocínios muito engenhosos e muito incertos, foi necessário retornar aos fatos:

— Quanto tempo vivem vocês? — perguntou o siriano.

— Ah, muito pouco! — replicou o pequeno homem de Saturno.

— Da mesma maneira como entre nós — disse o siriano — nós sempre nos queixamos do pouco. Isso deve ser uma lei universal da natureza.

— Desgraça! — disse o saturniano. — Nós não vivemos mais que quinhentas grandes revoluções do Sol. (Isso equivale a algo em torno de quinze mil anos contados à nossa maneira.) Vês bem que isso significa morrer quase no mesmo momento em que se nasce. Nossa existência é um ponto, nossa duração, um instante, nosso planeta, um átomo. Mal começamos a nos instruir um pouco e a morte chega antes que tenhamos adquirido experiência. De minha parte, não ouso fazer nenhum projeto; encontro-me como uma gota d'água num imenso oceano. Estou envergonhado, sobretudo diante do senhor, da figura ridícula que faço neste mundo.

Micrômegas lhe respondeu:

— Se tu não fosses filósofo, eu temeria afligir-te ao informar que nossa vida é setecentas vezes mais longa do que a vossa. Mas sabes muito bem que quando se deve entregar o corpo aos elementos, e reanimar a natureza sob outra forma, isso que se chama morrer; quando esse momento de metamorfose é chegado, ter vivido uma eternidade ou ter vivido um dia é precisamente a mesma coisa. Estive em países onde se vive mil vezes mais tempo do que no meu, e constatei que lá também resmungavam. Mas, por toda parte, há pessoas de bom senso que sabem tomar seu partido e agradecer o autor da natureza. Ele espalhou sobre este universo uma profusão de variedades com uma espécie de uniformidade admirável. Por exemplo, todos os seres pensantes são diferentes e, no fundo, todos se assemelham pelo dom do pensamento e dos desejos. A matéria se estende por toda a parte, mas em cada planeta ela possui propriedades diversas. Quantas dessas propriedades diversas vocês contam em vossa matéria?

— Se falas dessas propriedades — disse o saturniano — sem as quais cremos que nosso planeta não poderia subsistir enquanto tal, nós contamos trezentas, como a extensão, a impenetrabilidade, a mobilidade, a gravitação, a divisibilidade e o resto.

— Aparentemente — replicou o viajante — esse pequeno número é suficiente aos desígnios que o Criador tinha sobre vossa pequena habitação. Eu admiro em tudo sua sabedoria. Vejo diferenças por toda a parte, mas também por toda a parte proporção. Vosso globo é pequeno, vossos habitantes também o são. Tendes poucas sensações, vossa matéria tem poucas propriedades. Tudo isso é obra da previdência. De qual cor é vosso sol examinado cuidadosamente?

— De um branco bem amarelado — respondeu o saturniano — e quando dividimos um de seus raios, constatamos que ele contém sete cores.

— Nosso sol está mais para o vermelho — disse o siriano —, e nós temos trinta e nove cores primárias. Não há um único sol, dentre todos dos quais já me aproximei, que se assemelhe com outro; como entre vós não há um único rosto que não seja diferente de todos os demais.

Após diversas questões dessa natureza, Micrômegas se informou sobre quantas substâncias essencialmente diferentes se contavam em Saturno. Aprendeu que não contavam mais do que trinta, como Deus, o espaço, a matéria, os seres extensos que sentem, os seres extensos que sentem e pensam, os seres pensantes que não possuem nenhuma extensão, aqueles que se penetram, os que não se penetram, e o resto. O siriano, cujo planeta natal contava trezentas, e que descobrira três mil outras em suas viagens, impressionou prodigiosamente o filósofo de Saturno.¹ Enfim, após terem comunicado entre si um pouco sobre o que sabiam, e muito sobre o que não sabiam, depois de terem raciocinado durante o tempo de uma revolução do Sol, eles resolveram fazer juntos uma pequena viagem filosófica.

---

1. Vemos que o mote deste capítulo – e de grande parte do livro – é apresentar a pequenez do estatuto humano no Universo. Se havíamos nos espantado com as dezenas de sentidos que os dois extraterrestres possuíam, ao passo que o ser humano se limita a cinco, aqui vemos as distâncias entre os sistemas filosóficos dos diferentes mundos. Enquanto boa parte da filosofia moderna dividia toda a realidade em apenas duas substâncias (pensante e extensa), vemos mais uma vez o viajante interplanetário apresentar números que extrapolam vertiginosamente a capacidade imaginativa da humanidade.

Capítulo três

Viagem dos dois habitantes de Sirius e de Saturno

Nossos dois filósofos estavam prontos para embarcar na atmosfera de Saturno, munidos de uma muito bela provisão de instrumentos matemáticos, quando a amante do saturniano, que soube da notícia, veio em lágrimas fazer suas admoestações. Era uma bela moreninha que não tinha mais do que seiscentas toesas, mas que compensava com belos dotes a pequenez de sua estatura.

– Ah, seu cruel! – gritou ela. – Após eu ter resistido a ti por mil e quinhentos anos, quando, enfim, eu começava a ceder, quando eu mal passei cem anos em seus braços, me deixas para viajar junto de um gigante de outro mundo. Vá, tu não passas de um curioso, jamais tiveste amor: se fosses um verdadeiro saturniano, serias fiel. Para onde vais correr? Que queres? Nossas cinco luas são menos errantes do que tu, nosso anel é menos inconstante. Eis o que está feito, nunca mais amarei ninguém. – O filósofo, mesmo sendo o filósofo que era, a abraçou e chorou com ela. A dama, após ter desfalecido, foi se consolar com um almofadinha do país.

Todavia, nossos dois curiosos partiram. Primeiro, saltaram sobre o anel, que consideraram deveras plano, como bem o adivinhou um ilustre habitante de nosso pequeno globo.[1] De lá, eles foram de lua em lua. Um cometa passava bem próximo da última; se lançaram sobre ele com todos os seus criados e instrumentos. Depois de terem cumprido cerca de 150 milhões de léguas, encontraram os satélites de Júpiter. Passaram pelo próprio planeta e por lá permaneceram cerca de um ano, durante o qual aprenderam segredos muito belos que atualmente estariam para serem publicados se não fossem os senhores inquisidores, que consideraram algumas proposições um pouco duras. Mas eu li o manuscrito na biblioteca do ilustre arcebispo de..., que me permitiu ver os seus livros com essa generosidade e essa bondade que não se saberia louvar o suficiente.

Voltemos, porém, aos nossos viajantes. Saindo de Júpiter, eles atravessaram um espaço de cerca de cem milhões de léguas e ladearam o planeta Marte, que, como se sabe, é cinco vezes menor que nosso pequeno globo. Viram duas luas que servem a esse planeta e que escaparam ao olhar de nossos astrônomos. Sei muito bem que o padre Castel escreverá, e de modo bastante agradável, contra a existência dessas duas luas. Mas eu me reporto àqueles que raciocinam por analogia. Esses bons filósofos sabem o quanto seria difícil que Marte, tão distante do Sol, não dispusesse de pelo menos duas luas. De qualquer forma, nossos amigos acharam esse local tão pequeno que temeram não en-

---

1. Provavelmente, Voltaire se refere ao astrônomo holandês Christiaan Huygens (1629-1695). É verdade que o primeiro a observar os anéis de Saturno foi Galileu; no entanto, devido à qualidade baixa dos primeiros telescópios usados na época, demorou-se muito tempo para a identificação dos estranhos apêndices que rodeiam o planeta. Por um tempo, especulou-se que poderiam ser luas, satélites, até mesmo asas ao redor de Saturno. Apenas Huygens foi o primeiro a sugerir que as estranhas figuras se tratavam, de fato, de discos lisos a circundar seu planeta.

contrar lá onde dormir, e seguiram seu caminho como dois viajantes que desdenham de uma má estalagem de aldeia e continuam até a cidade vizinha. Mas o siriano e seu companheiro se arrependeram logo. Continuaram por muito tempo e não encontraram nada. Enfim, eles perceberam um pequeno brilho; tratava-se da Terra. Esta fazia as pessoas que vinham de Júpiter sentir pena. Todavia, com medo de se arrependerem uma segunda vez, eles resolveram desembarcar. Passaram para a cauda do cometa e, encontrando uma aurora boreal preparada, miraram-se dentro e chegaram sobre a Terra pela borda setentrional do mar báltico a 5 de julho de 1737.

Capítulo quatro

Aquilo que lhes sucedeu sobre o globo da Terra

Após terem descansado por algum tempo, eles almoçaram duas montanhas que seus criados haviam lhes preparado com muito esmero. Em seguida, quiseram conhecer o pequeno país no qual se encontravam. Foram, inicialmente, de norte para o sul. Cada passo ordinário do siriano e de seus criados cobria cerca de 30 mil pés de rei. O anão de Saturno seguia de longe, ofegante. Ora, era necessário que este cumprisse cerca de doze passos quando o outro fazia uma pernada. Imaginai (se é permitido fazer tais comparações) um pequeno cão de companhia que seguisse um capitão da guarda do rei da Prússia.

Como esses estrangeiros vão muito depressa, eles fizeram a volta no globo em 36 horas. O Sol, na verdade, ou mais precisamente a Terra, faz igual viagem em um dia. É preciso considerar que se vai com muito mais facilidade quando se dá a volta sobre o próprio eixo do que quando se anda sobre os pés. Ei-los de volta ao local de onde haviam partido, após terem visto essa poça quase imperceptível para eles, que nomeamos Mediterrâneo, e esse outro pequeno tanque que, sob o nome de grande oceano, contorna o montículo de terra. O anão não o teve, em nenhum momento, acima da metade de suas pernas, e o outro, com dificuldade, molhara o calcanhar. Eles fizeram tudo o que puderam, indo e voltando, para cima e para baixo, para conseguir perceber se este globo era habitado ou não. Abaixaram-se, deitaram-se, tatearam por toda a parte; mas seus olhos e suas mãos não eram, em absoluto, proporcionais aos pequenos seres que aqui rastejam. Não tiveram a menor sensação que pudesse lhes fazer suspeitar que nós e nossos confrades, os outros habitantes deste planeta, temos a honra de existir.

O anão, que às vezes tirava conclusões muito apressadamente, decidiu inicialmente que não havia ninguém sobre a Terra. Sua primeira razão foi que ele não enxergara ninguém. Micrômegas o fez perceber, polidamente, que esse era um mau raciocínio:

— Pois — dizia ele —, se não enxergas, com teus pequenos olhos, certas estrelas da quinquagésima grandeza que eu percebo muito distintamente, então concluis disso que tais estrelas não existem?

— Mas — respondeu o anão — eu tateei bem.

— Mas — retrucou o outro — sentiste mal.

— Mas — disse o anão — este globo aqui é tão malfeito, é tão irregular e de uma forma que me parece tão ridícula! Tudo aqui parece estar no caos: não vês esses pequenos riachos, os quais nenhum segue uma linha reta, essas lagoas que não são nem redondas, nem quadradas, nem ovais, nem possuem quaisquer formas regulares, todos esses pequenos grãos com os quais este globo está espetado e que me esfolaram os pés? (ele queria falar das montanhas). Repare, ainda, na forma do globo como um todo, como ele é achatado nos polos, como ele gira em torno do Sol de maneira inadequada, de modo que os climas nos polos restam, necessariamente, incultiváveis? Verdadeiramente, o que me faz pensar que não há ninguém aqui é que me parece que pessoas de bom senso não gostariam de habitar num lugar como esse.

— Pois bem — disse Micrômegas —, talvez não sejam mesmo pessoas de bom senso que habitam este planeta. Mas, enfim, há algumas aparências de que isto não é feito para nada. Tudo te parece irregular, como o dizes, porque tudo é feito a prumo em Saturno e em Júpiter. Ora! Talvez seja exatamente por essa razão que temos um pouco de confusão aqui. Não te disse que em minhas viagens eu havia sempre constatado a variedade?

O saturniano replicou a todas essas razões. A disputa não teria terminado nunca se, por felicidade, Micrômegas não tivesse, impacientando-se com a discussão, rompido o cordão de seu colar de diamantes. Os diamantes caíram; tratavam-se de belas pequenas pedrarias bastante irregulares, das quais as maiores pesavam quatrocentas libras, e as menores, cinquenta. O anão recolheu algumas. Aproximando-os de seus olhos, ele percebeu que esses diamantes, pela maneira como estavam lapidados, eram excelentes microscópios. Então, ele pegou um pequeno microscópio de 160 pés de diâmetro que aplicou à sua pupila; e Micrômegas escolheu entre eles um de 2.500 pés. Eram excelentes, mas, inicialmente, nada foi visto com o seu auxílio; era necessário ajustarem-se. Finalmente, o habitante de Saturno viu alguma coisa de imperceptível que se movimentava entre as águas do mar Báltico: era uma baleia. Ele a pegou com o dedo mindinho muito cuidadosamente. E, colocando-a sobre a unha de seu polegar, ele a mostrou ao siriano, que se pôs a rir, pela segunda vez, com o excesso de pequenez que constituía os habitantes de nosso planeta. O saturniano, convencido de que nosso mundo era habitado, rapidamente imaginou que não o era senão por baleias. E como ele era um grande pensador, quis descobrir de onde um átomo tão diminuto extraía seu movimento, se ele possuía ideias, uma volição, uma liberdade. Micrômegas ficou muito embaraçado com isso, examinou o animal bem pacientemente, e o resultado do exame foi que não tinha nada que fizesse crer que uma alma estivesse lá alojada. Os dois viajantes se inclinavam, então, a pensar que não havia nenhum espírito em nossa habitação, até que, com a ajuda do microscópio, eles notaram alguma coisa tão volumosa quanto uma baleia que flutuasse sobre o mar Báltico. Sabe-se que, exatamente por essa época, um grupo de filósofos regressava do círculo polar, no qual haviam realizado observação de que ninguém havia sido informado até então. Os jornais disseram que o seu navio encalhara nas costas da Bótnia e que eles haviam se salvado com muito custo; mas neste mundo nunca se sabe o reverso das cartas. Eu contarei, ingenuamente, como a coisa se passou, sem nada acrescentar de meu ponto de vista, o que não é um esforço pequeno para um historiador.

Capítulo cinco

Experiências e raciocínios dos dois viajantes

Micrômegas estendeu cuidadosamente a mão até o local onde o objeto aparecia e, avançando dois dedos e retirando-os por medo de se enganar, em seguida os abrindo e fechando, ele segurou com muito cuidado o navio onde se encontravam esses senhores e o pôs sobre a unha, sem apertá-lo muito por medo de quebrá-lo.

– Eis um animal bem diferente do primeiro – disse o anão de Saturno.

O siriano pôs o suposto animal na cova de sua mão. Os passageiros e os membros da tripulação, que se acreditavam arrebatados por um furacão e pensavam encontrar-se sobre um rochedo, puseram-se todos em movimento. Os marujos pegaram barris de vinho, jogaram sobre a mão de Micrômegas e se precipitaram em seguida. Os geômetras pegaram seus quadrantes, seus sectores e moças nativas da Lapônia e desceram sobre os dedos do siriano. Eles tanto o fizeram que, finalmente, Micrômegas sentiu se mexer nos seus dedos alguma coisa que lhe causava comichão. Era um arpão que lhe fincavam do índice. Ele julgou, por essa picada, que saíra alguma coisa do pequeno animal que segurava, mas, inicialmente, não supôs nada além disso. O microscópio, que com dificuldades discernia uma baleia e um navio, não tinha ângulo focal sobre seres tão imperceptíveis quanto os homens. Não pretendo aqui chocar a vaidade de ninguém, mas sou obrigado a rogar às pessoas importantes para que façam aqui uma pequena remarca comigo; é que, tomando a estatura dos homens, que é de cerca de cinco pés, nós não fazemos sobre a Terra uma figura muito maior que a que faria sobre uma bola, de dez pés de circunferência, um animal que tivesse mais ou menos a seiscentésima milésima parte de uma polegada como altura. Figurai uma substância que pudesse sustentar a Terra em sua mão, e que possuísse órgãos na proporção dos nossos; e pode ser muito bem que haja um grande número de tais substâncias. Ora, concebei, rogo-vos, o que elas pensariam dessas batalhas que nos custaram dois povoados que foram necessários render.

Não tenho dúvidas de que, caso um capitão de grandes granadeiros[1] venha a ler algum dia esta obra, ele vá aumentar, pelo menos em dois pés, os chapéus de sua tropa. Mas eu o advirto que, por mais que o faça, ele e os seus nunca passarão de criaturas infinitamente diminutas.

Que maravilhosa destreza não foi, então, necessária ao nosso filósofo de Sirius para perceber os átomos dos quais acabo de falar! Quando Leeuwenhoek e Hartsoeker[2] viram pela primeira vez, ou acreditaram ter visto, a semente da qual somos formados, não fizeram tão assombrosa descoberta. Que prazer sentiu Micrômegas ao ver se mexerem

---

1. Na época de Voltaire, os soldados granadeiros, em virtude de suas funções, eram escolhidos dentre os mais altos e robustos soldados de infantaria. Além disso, utilizavam capacetes alongados.
2. Pioneiros na observação do espermatozoide humano pelo microscópio.

essas pequenas máquinas, ao examinar todos os seus movimentos, ao acompanhá-las em todas as suas operações! Como ele exclamou! Com que alegria ele colocou um de seus microscópios nas mãos de seu companheiro de viagem! – Eu os vejo! – diziam ambos ao mesmo tempo. – Vês os que carregam fardos, os que se abaixam, os que se levantam? – Falando desse modo suas mãos tremiam pelo prazer de ver objetos tão novos e por medo de perdê-los. O saturniano, passando de um excesso de desconfiança a um excesso de credulidade, acreditou perceber que eles trabalhavam na procriação. – Ah – dizia ele –, peguei a natureza em flagrante. Mas ele se enganava pelas aparências; o que acontece por demais, quer se faça uso de microscópios ou não.

Capítulo seis

Do que lhes ocorreu junto aos homens

Micrômegas, muito melhor observador do que seu anão, viu claramente que os átomos falavam entre si. Então, observou esse fato ao seu companheiro que, constrangido por ter sido desprezado em relação ao tema da procriação, não quis acreditar de modo algum que semelhantes espécies pudessem trocar ideias. Ele possuía o dom das línguas tanto quanto o siriano, não ouvia, em absoluto, nossos átomos falarem e supunha que eles não falavam. Além disso, de que maneira esses seres imperceptíveis teriam os órgãos da voz, e o que teriam a dizer? Para falar é necessário pensar, ou quase isso; mas, se eles pensassem, então teriam o equivalente de uma alma. Ora, atribuir o equivalente de uma alma para essa espécie, isso lhe parecia absurdo.

– Mas você acreditou agora mesmo que eles faziam amor – disse o siriano. – Por acaso acreditas que se possa fazer amor sem pensar e sem proferir alguma palavra ou, ao menos, sem se fazer entender? Supondes, além disso, que seja mais difícil produzir um argumento do que uma criança? Para mim, um e outro parecem grandes mistérios.

– Não ouso mais nem crer nem negar – respondeu o anão. – Não tenho mais opinião. É preciso tentar examinar esses insetos, especularemos depois.

— Está muito bem dito — retornou Micrômegas.

Em seguida, o siriano pegou uma tesoura com a qual cortou suas unhas e, com uma lasca da unha de seu polegar, fez imediatamente uma espécie de trompa acústica como um vasto funil, cuja ponta do tubo pôs em sua orelha. A circunferência do funil envolvia o navio e toda a tripulação. A mais fraca das vozes passava através das fibras circulares da unha, de tal maneira que, graças à sua indústria, o filósofo lá de cima ouviu perfeitamente o zumbido de nossos insetos aqui de baixo. Em poucas horas ele conseguiu distinguir as palavras e, finalmente, compreender a língua francesa. O anão fez o mesmo, apesar de ter tido mais dificuldade.

O espanto dos viajantes redobrava a cada instante. Eles ouviam os ácaros falarem com bastante bom senso; esse jogo da natureza parecia-lhes inexplicável. Crede bem que o siriano e seu anão queimavam de impaciência para estabelecer um diálogo com os átomos; temiam que suas vozes de trovão, sobretudo a de Micrômegas, ensurdecessem os ácaros antes de serem ouvidas. Era preciso diminuir a força da voz. Eles colocaram na boca uma espécie de palito de dente cujas pontas bem afuniladas vinham dar até próximo do navio. O siriano sustentava o anão sobre seus joelhos e o navio junto com a tripulação sobre uma unha. Inclinava sua cabeça e falava baixo. Enfim, empregando todas essas precauções, e muitas outras mais, ele começou seu discurso desta maneira:

— Insetos invisíveis, cuja mão do Criador se prestou a fazer nascer no abismo do infinitamente pequeno, eu o agradeço por Ele dignar-se a me fazer descobrir segredos que pareciam impenetráveis. Talvez, ninguém se dignaria a vos ver em minha corte, mas eu não desprezo ninguém e vos ofereço minha proteção.

Se alguma vez alguém ficou verdadeiramente espantado, foram as pessoas que escutaram essas palavras. Não podiam saber de onde elas partiam. O capelão do navio recitou orações de exorcismo, os marujos praguejaram, e os filósofos da expedição elaboraram um sistema. Mas, não importando o sistema que fizessem, jamais poderiam adivinhar quem lhes falava. O anão de Saturno, que tinha uma voz mais doce que a de Micrômegas, informou-lhes então, em poucas palavras, com qual tipo de espécie os homens estavam lidando. Contou-lhes sobre a viagem de Saturno, colocou-os a par de quem era o senhor Micrômegas e, após ter lamentado por eles serem tão diminutos, perguntou-lhes se haviam sempre estado naquela condição miserável tão avizinhada da inexistência, o que eles faziam num planeta que parecia pertencer às baleias, se eram felizes, se procriavam, se possuíam uma alma, e cem outras questões dessa natureza.

Um pensador da turma, mais ousado que os outros, e chocado pelo fato de duvidarem da sua alma, observou o interlocutor por intermédio de pínulas apontadas sobre um esquadro, fez duas miras e, na terceira, assim lhe disse:

– Acreditas então, senhor, que por teres mil toesas, da cabeça aos pés, então és um...

– Mil toesas! – exclamou o anão. – Deus do céu! Como ele pode saber minha altura? Mil toesas! Ele não se engana nem por uma polegada, incrível! Esse átomo mediu-me! Ele é geômetra, conhece meu tamanho, e eu, que não o vejo senão por um microscópio, ainda não conheço sua estatura!

— Sim, eu te medi — disse o físico —, e ainda poderia medir o teu grande companheiro.

A proposta foi aceita. Sua Excelência se posicionou deitado, pois, se ficasse em pé, sua cabeça se colocaria muito para além das nuvens. Nossos filósofos plantaram nele uma grande árvore numa região que o doutor Swift[1] nomearia, mas que eu certamente me pouparei de chamar pelo nome, por conta de meu grande respeito pelas damas. Em seguida, através de uma série de triângulos ligados entre si, concluíram que aquilo que viam era, com efeito, um jovem homem que media 120 mil pés de rei.

Então, Micrômegas pronunciou estas palavras:

— Vejo mais do que nunca que não se deve julgar nada por sua grandeza aparente. Oh, Deus, que deste uma inteligência a substâncias que parecem tão desprezíveis, o infinitamente pequeno vos custa tão pouco quanto o infinitamente grande. E, se é possível que haja seres menores do que estes, eles ainda podem ter um espírito superior ao desses animais soberbos que vi nos céus, dos quais apenas o pé cobriria o planeta em que desci.

Um dos filósofos lhe respondeu que poderia crer, com toda segurança, que de fato existem seres muito menores que o homem. Contou-lhe não tudo o que Virgílio disse

---

[1]. Nesta alusão a Jonathan Swift, Voltaire não esconde a inspiração de *As viagens de Gulliver* que norteia a presente obra.

de fabuloso sobre as abelhas, mas o que Swammerdam descobriu e o que Réaumur dissecou. Ensinou-lhe, enfim, que existem animais que são para as abelhas o que as abelhas são para os homens, o que equivale ao que o próprio siriano era para os animais tão vastos do qual falava, e o que esses animais são para outras substâncias diante das quais eles não parecem mais do que átomos. Pouco a pouco, a conversa se tornou interessante, e Micrômegas falou assim:

Capítulo sete

Conversação com os homens

— Oh, átomos inteligentes, em cujo interior o Ser Eterno se dignou a manifestar sua direção e potência, deveis, certamente, provar de alegrias puras em vosso planeta. Pois, possuindo tão pouca matéria, e parecendo ser inteiramente espírito, deveis passar vossa vida a amar e a pensar; essa é a verdadeira vida dos espíritos. Não testemunhei em nenhum lugar a felicidade, mas ela certamente está aqui.

Diante de tal discurso, todos os filósofos sacudiram a cabeça. E um deles, mais franco do que os outros, confessou de boa-fé que, com exceção de alguns pouquíssimos habitantes, todo o resto do mundo se trata de um conjunto de tolos, de maldosos e infelizes.

— Possuímos mais matéria que o necessário — disse ele — para praticarmos demasiado mal, se dela vem o mal. E muito de espírito, caso dele isso venha. Toma conhecimento que, por exemplo, enquanto falo contigo, existem cem mil tolos de nossa espécie cobertos de chapéu que matam cem mil outros animais cobertos de turbante, ou que são massacrados por estes. E que, em quase toda a Terra, esse é o nosso costume desde tempos imemoriais.

O siriano estremeceu e perguntou qual poderia ser o motivo dessas horríveis querelas entre animais tão débeis.

— Se trata — respondeu o filósofo — de algum pedaço de lama da extensão do teu calcanhar. Não é que algum desses cem milhões de homens que se fazem degolar pretenda um palmo que seja dessa terra. Trata-se apenas de saber se ela pertencerá a certo homem que nomeiam de sultão ou a outro a quem se chama, não sei por que, de César. Nem um nem o outro já viu ou jamais verá o pequeno canto de terra que motiva tudo isso. E quase nenhum desses animais que se degolam mutuamente jamais viu o animal por quem são degolados.

— Ah, infelizes! — gritou o siriano com indignação. — Pode-se conceber esse excesso de cólera fanática? Me dá vontade de dar três passos e de devastar com três golpes de pé todo este formigueiro de assassinos ridículos.

— Não te prestes ao trabalho — responderam-lhe —, eles já trabalham o suficiente para sua ruína. Saiba que ao fim de dez anos nunca resta sequer a centésima parte desses miseráveis. Saiba que, mesmo quando eles não tiverem sacado a espada, a fome, a fadiga ou a intemperança os arrebatam quase todos. Além disso, não são eles a quem se deve punir, mas sim esses bárbaros sedentários que do fundo de seus gabinetes ordenam, no tempo de sua digestão, o massacre de um milhão de homens, e em seguida fazem agradecer solenemente a Deus por isso.

O viajante se sentia comovido de piedade pela pequena raça humana, na qual ele descobria contrastes tão espantosos.

— Já que contais entre o pequeno número de sábios — disse ele a esses senhores — e aparentemente não matais ninguém por dinheiro, dizei-me, peço-vos, com o que vos ocupais?

— Nós dissecamos moscas — disse o filósofo —, medimos linhas, organizamos nomes. Temos acordo sobre dois ou três pontos que entendemos, e temos controvérsias sobre dois ou três mil que não entendemos.

Isso suscitou a imaginação do siriano e do saturniano para interrogarem esses átomos pensantes, a fim de saber as coisas em que eles concordavam.

— Quanto contais — perguntou Micrômegas — a partir da estrela Canícula[1] até a grande estrela dos Gêmeos?

— Trinta e dois graus e meio — responderam todos juntos.

— Quanto contais daqui até a Lua?

— Sessenta meios diâmetros da Terra, em números redondos.

— Quanto pesa vosso ar?

Ele pensava tê-los pego com isso, mas todos lhe responderam que o ar pesa cerca de novecentas vezes menos que um mesmo volume da água mais leve. E 19 mil vezes menos que o ouro. O pequeno anão de Saturno, espantado com suas respostas, ficou tentado a tomar como feiticeiras essas mesmas pessoas as quais ele recusara uma alma quinze minutos antes.

Enfim, Micrômegas lhes disse:

— Já que conheceis tão bem o que está fora de vós, sem dúvida sabeis ainda melhor o que está dentro. Dizei-me o que é a vossa alma e como formais ideias.

---

[1]. Antigo nome dado à própria estrela Sirius.

Os filósofos falaram todos ao mesmo tempo, assim como antes, mas desta vez todos eram de diferentes opiniões. Os mais velhos citavam Aristóteles, outro pronunciava o nome de Descartes, um citava Malebranche, enquanto um terceiro falava de Leibniz e ainda outro de Locke. Um ancião peripatético disse bem alto com confiança:

— A alma trata-se de uma enteléquia,[2] é uma razão pela qual ela possui a potência de ser aquilo que é. É isso o que declara expressamente Aristóteles, página 633, edição do Louvre, etc:

"...ἐντελέχειά τίς ἐστι καὶ λόγος τοῦ δύναμιν ἔχοντος εἶναι τοιούτου,..."[3]

— Não entendo grego muito bem — disse o gigante.
— Eu também não — respondeu o ácaro filósofo.
— Por que, então — replicou o siriano —, citas um tal Aristóteles em grego?
— Acontece — tornou o sábio — que é preciso citar aquilo do qual nada compreendemos numa língua que menos entendemos.

O cartesiano tomou a palavra e disse:
— A alma é um espírito puro que recebeu no ventre materno todas as ideias metafísicas e que, saindo de lá, é obrigado a ir para a escola e aprender de novo tudo o que já soube tão bem e que não saberá mais.

---

2. Conceito aristotélico que significa a realização da finalidade (telos) interior de um ser. Ou seja, é o ser em ato, em oposição ao ser em potência.
3. Aristóteles, *De anima*. (N. E.)

— Então não valia a pena — respondeu o animal de oito léguas — que a tua alma fosse tão sábia no ventre de sua mãe para ser tão ignorante quando tivesses barba no queixo. Mas o que entendes por espírito?

— O que estás a me perguntar — disse o pensador — não faço ideia; costuma-se dizer que não é a matéria.

— Mas, ao menos sabes o que é a matéria?

— Muito bem — respondeu o homem. — Por exemplo, esta pedra é cinza, ela tem uma determinada forma, tem três dimensões, ela é pesada e divisível.

— Pois bem! — retrucou o siriano. — Esta coisa que te parece ser divisível, pesada e cinza, dir-me-ia exatamente o que é? Vês alguns atributos, mas, o fundo da coisa, conheces?

— Não — respondeu o outro.

— Então não sabes, em absoluto, o que é a matéria.

Assim, o senhor Micrômegas dirigiu a palavra para outro sábio que ele sustentava em seu polegar, perguntou-lhe o que era a sua alma e o que ela fazia.

— Absolutamente nada — respondeu o filósofo malembranchista —, é Deus quem faz tudo por mim. Vejo tudo através Dele, faço tudo Nele. É Ele quem faz tudo sem que eu me misture.

— O que equivale a dizer que não existes — replicou o sábio de Sirius. — E tu, meu amigo — dirigiu-se ele para um leibniziano que lá estava —, o que é tua alma?

— É — respondeu o leibniziano — um ponteiro que mostra as horas enquanto meu corpo badala, ou então, se preferes, é ela que badala enquanto meu corpo mostra as horas. Ou, ainda, minha alma é o espelho do universo e meu corpo é a borda do espelho; isso é claro.

Um pequeno partidário de Locke estava logo ali e, quando finalmente endereçaram-lhe a palavra:

— Não sei — disse ele — como eu penso, mas sei que jamais tive um pensamento que não fosse na ocasião de meus sentidos. Que haja substâncias imateriais e inteligentes, é algo do qual não duvido. Mas, que seja impossível a Deus comunicar pensamento à matéria, isso é algo que duvido muito. Venero a potência eterna, não cabe a mim limitá-la; nada afirmo, me contento em pensar que existem mais coisas possíveis do que se pense.

O animal de Sirius sorriu: não achou que fosse aquele o menos sábio. O anão de Saturno teria abraçado o sectário de Locke se não fosse a extrema desproporção. Mas, por infelicidade, havia lá um minúsculo animalzinho de galero que cortou a palavra a todos os animaizinhos filósofos. Disse que sabia o segredo de tudo, que isso se encontrava na *Suma* de Tomás de Aquino. Olhou de cima a baixo os dois habitantes celestes, sustentou diante deles que suas pessoas, seus mundos, seus sóis, suas estrelas, tudo era feito unicamente para o homem. Com esse discurso, nossos dois viajantes caíram um sobre o outro sufocando nessa gargalhada inextinguível que, segundo Homero, é própria dos deuses. Seus ombros e ventres iam e vinham, e durante essas convulsões o navio, que o siriano tinha sobre sua unha, caiu dentro de um bolso das calças do saturniano. Essas duas boas pessoas o procuraram durante um bom tempo, finalmente reencontraram a tripulação e a reajustaram de maneira bem apropriada. O siriano apanhou mais uma vez os pequenos ácaros, ainda falou com eles com muita bondade; ainda que, no fundo do coração, estivesse um pouco zangado por ver que os infinitamente pequenos possuíam um orgulho quase infinitamente grande. Prometeu que lhes faria um belo livro de filosofia, escrito bem miúdo para seu uso, e que, nesse livro, eles veriam a finalidade das coisas. Efetivamente, ele lhes deu esse volume antes de sua partida. Levaram-no até Paris, para a Academia de Ciências. Mas quando o secretário o abriu, nada viu além de um livro completamente em branco.

– Ah – disse ele –, bem que eu desconfiava!

Este livro foi impresso pela Graphium Gráfica e Editora
em fonte Adobe Jenson Pro sobre papel Lux Cream 80 g/m²
para a Edipro no inverno de 2018.